DROWNING INTO THE NIGHT

{ side Ω }

Anna Takamura

INHALT

Informative Details zu Anna Takamuras Omegaverse findet ihr auf den Seiten 176 und 177.
Die Besonderheiten dieser Welt werden aber auch in der Story erklärt. Viel Spaß beim Lesen!

Kapitel **11**

Haben Sie vielen Dank.
Wir werden Sie nach Kräften unterstützen.
Auf eine gute Zusammenarbeit!
Bin wieder d...
Hey, Fuji!
Wie war's bei Belfiore?
Hat nicht geklappt, oder?
Mich haben sie schon so oft abblitzen lassen ...
Sie werden ein neues Geschäft eröffnen.
Irgendwie ...

Springen wir auf den Zug auf!

Was für einen Trick hast du bloß angewandt ...?

Jaaa!

Kawakado Garten-Outlet
Restaurantbereich Mieter gesucht

?!!

Ernsthaft?!

Wir haben mit dem berühmten italienischen Restaurant Belfiore einen vorläufigen Vertrag?!

Unglaublich!

Es war reines Glück ...

Ich war früher einmal mit meiner Familie dort.

Damals war ich noch klein, also hatte ich es schon fast vergessen ...

Und als wir uns dann begeistert darüber unterhielten, kam irgendwann plötzlich der Vertrag zustande ...

...

Lecker!

Aber als ich dann die Minestrone probierte ...

... erinnerte ich mich durch ihren besonderen Geschmack wieder daran.

Der Chefkoch und Eigentümer legt sehr viel Wert auf diesen Geschmack.

Wedding

Der ist aber einfach gestrickt!

Er will mit einer Frau verreisen!

Es ist also eine Frau im Spiel ...!

Jetzt versteh ich's!

Viele Mieterkandidaten, die sich lange nicht umstimmen ließen ...

... haben in letzter Zeit Verträge mit uns abgeschlossen.

Ja ...

Das Geschäft im Outlet-Einkaufszentrum, das im Verzug war ...

... scheint nun endlich ins Rollen zu kommen.

... ohne dass ich mich einmischen muss.

So schaffen wir es noch bis zur Ausschreibung ...

Nein.

Dazu fehlt mir heute die Zeit.

Wünschen Sie eine An-probe?

Es lenkt einen gut ab, wenn man viel zu tun hat.

Ihn also auch.

Ihn?

Ich komme morgen mit meinem Part-ner wieder.

Wedding

Zum Mitnehmen

KLONK

BWW

BWW

Um die Zeit bist du beim Lauftraining, oder?

Ja, bitte?

Ist schon in Ordnung ...

Ich mache gerade Pause.

Oh, entschuldige ...

Nächste Woche ist bereits die letzte Präsentation vor Aster fällig.

Ich möchte den CEO Ronald R. Rose ...

... auch einmal treffen.

PLOPP

Ja.

Aber haben Sie auch die Zeit ...

... mich zu dem Termin zu begleiten?

Meine
Meinung?
Zu etwas
Geschäftli-
chem?

PLATSCH

Nein, aber
auch wenn wir
viel zu tun
haben ...

Verstanden.

... sollten
wir das nicht
zu weit hinaus
schieben.

Am Wochen-
ende dürfte
ich etwas
Zeit finden
...

Das ist
ein schöner
Ort, an den
du gehst!
Ich beneide
dich!

Ich bringe
Ihnen etwas
mit.

Sennichiko?

Du musst mir doch nichts mitbringen!

Schließlich reist du ja geschäftlich hin.

Am Wochenende?

Hätten Sie auf etwas Bestimmtes Appetit?

Wolfs-Butterkekse

Die Butterkekse vom Izayoi-Teeladen sollen sehr lecker sein.

Ihre Mutter ist wohlauf ...

Ja ... Aber machen Sie sich keine Sorgen.

Ich will ihr nur sagen, dass ich geschäftlich verreisen werde.

Der behandelnde Arzt hält mich auf dem Laufenden.

Unter der Woche besuchst du meine Mutter, oder?

Sorgen mache ich mir eher um deinen Körper.

Da es heute so schön warm ist ...

... ist er mit Ihrer Mutter auf dem Dach, um Sonnenlicht zu tanken.

Sie kann nun also rausgehen ...

Ich bin ...

... jemandem sehr wichtig?

Ich führe Sie hin.

Folgen Sie mir bitte!

Er ist Ihr einziger Sohn.

Der Name dieser Person ist Ouka Hiiragi.

Würden Sie ihn bitte noch einmal treffen?

Aber ihn trifft keine Schuld.

Für Sie mag er ein Teil ...

... Ihrer schmerzhaften Erinnerungen sein.

Warum nicht ...?!

Ich würde ihn gern sehen, kann es aber nicht.

Ich bin eine Frau, die ihn für einen anderen Mann verlassen hat.

Weil ich mir sicher bin ...

... noch das eigene Kind zu sehen.

Menschlicher Abschaum wie ich hat weder das Recht, sich als Mutter zu bezeichnen ...

... dass er mich eigentlich verabscheut.

... bin ich ihm doch begegnet. Im Traum ...

Aber ein einziges Mal ...

Er sah erwachsen und so elegant aus ...

Beruhigen Sie sich, Frau Tsutsuji!

Wa wills hie

Da war ich sehr durcheinander ...

Ich dachte, er wäre gekommen, um sich an mir zu rächen ...

Das war kein Traum!

SCHRECK

... und habe schreckliche Dinge zu ihm gesagt ...

Er hegt keinen Groll gegen Sie!

Als er hörte, dass Sie ... seine Mutter ... ins Krankenhaus eingewiesen wurden ...

... ist er sofort hierher geeilt, um nach Ihnen zu sehen!

... wer seine Eltern sind.

... dass er sehr glücklich darüber ist ...

Herr Hiiragi ...

... hat mir mal erzählt ...

Wo ist es denn ...

WÜHL

WÜHL

übrigens ... Wissen Sie das überhaupt schon?

Ihr Sohn ist der Vizepräsident eines börsennotierten Unternehmens.

zeprä... Ouka Hiiro...

Kawakado-Residenz

Er wird respektiert ...

... und genießt bei vielen großes Vertrauen.

Seine Existenz kann einfach kein Fehler sein.

DRÜCK

Bitte denken Sie gar nicht erst daran ...

... dass er nicht hätte geboren werden sollen.

... mussten Sie, Erika ...

... Ihren β-Mann heiraten.

Damit er geboren werden konnte ...

Yuki-shiro ...

Moment mal!

Wenn ich ihm bei der Arbeit zusehe ...

... scheint er im Zenit der Macht zu stehen ...

QUASSEL

Natürlich!

Das macht mich ganz nervös!

QUASSEL

Vizepräsident einer riesigen Firma?!

Der Junge ist ein so hohes Tier ...?!

Ich bekam auch schon Anerkennung von anderen Vorgesetzten und Angestellten ...

... doch die dachten alle, ich sei ein α.

Auch ich respektiere ihn als meinen Vorgesetzten.

Ich zähle auf dich.

... und gab mir dennoch eine Chance.

Ich habe dich ausgewählt, weil du dafür geeignet bist.

Aber Herr Hiiragi wusste, dass ich ein Ω bin ...

Das alles hat nichts damit zu tun ...

... dass du mein Schicksalspartner bist.

In der Hinsicht hängt Japan wirklich hinterher.

Selbst wenn er momentan kein glückliches Leben führen sollte ...

... ist absolut ausgeschlossen, dass jemand wie er unglücklich bleiben wird.

Herr Hiiragi ist gelassen und blickt weit über den Tellerrand hinaus.

Er ist intelligent und herausragend in dem, was er tut.

Er hat mich, einen Ω, anerkannt.

Yuki-
shiro ...

... du
glaubst
also an den
Jungen ...

Danke ...

Ja,
das tue
ich.

Mir ist
er auch
sehr wich-
tig ...

... darum
möchte
ich, dass
Herr Hiiragi
glücklich
wird.

Und Sie
ebenfalls,
Erika ...

Willkommen zurück zu Hause, Master Fuji.

Ihre beiden Brüder ...

... sind vorhin ebenfalls heimgekehrt.

Verstehe. Wo ist Vater?

Sie waren lange nicht mehr hier.

Master Fuji ...

Bin wieder da, Nae.

Willkommen zurück, Fuji.

Nachdem sie eine Ω-Frau in ihrer Brunst vergewaltigt haben ...

... wurden fünf α-Männer festgenommen.

Der Vorfall wird untersucht ...

Ekelhaft ...

Einige von ihnen verlieren den Verstand und werden gewalttätig.

Das ist echt das Letzte ...

... ebenso brünstig werden.

... können aber aufgrund der Pheromone eines brünstigen Ωs ...

αs haben keine Heat ...

... und kühlt im Schlaf dann wieder ab.

Bis zum Abend wärmt er sich nach und nach auf ...

Wenn der Mensch morgens aufwacht, ist seine Körpertemperatur am niedrigsten.

Gruppenvergewaltigung 5 α-Männer gefasst

Kritiker der Ω-Diskriminierung

... und vermeiden Sie, nachts das Haus zu verlassen.

Nehmen Sie während ihrer Brunst auf jeden Fall Ihre Medikamente ...

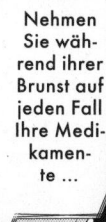

Ich will nicht, dass man glaubt, αs seien alle so.

... steigt bei einer Erkältung auch gen Abend das Fieber.

Aus demselben Grund ...

Nachts?

Ich wünschte, solche Vorfälle würde es nicht mehr geben ...

Kapitel **12**

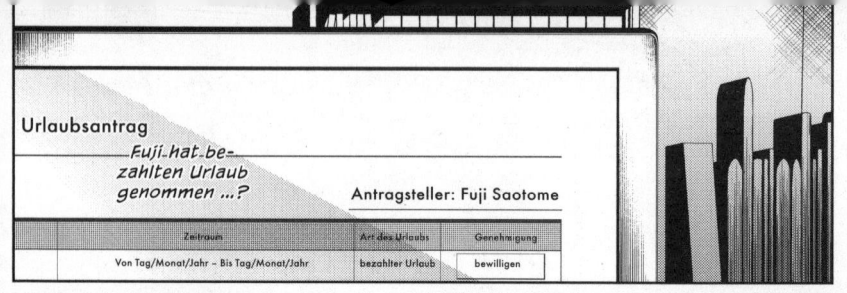

Urlaubsantrag

*Fuji hat be-
zahlten Urlaub
genommen ...?*

Antragsteller: Fuji Saotome

Zeitraum	Art des Urlaubs	Genehmigung
Von Tag/Monat/Jahr – Bis Tag/Monat/Jahr	bezahlter Urlaub	bewilligen

Saotome hat einen Urlaubsantrag gestellt ...?

Ja, das hat er.

Ich wusste nichts davon ...

Eine ganze Woche? Und das zu dieser Zeit?

Chef!

Der ist sicher mit einer Frau unterwegs!

Sicher war es ihm zu peinlich, das zu sagen ...!

Verstehe ... Das ist gut.

... da er vor seinem Urlaub alles erledigt hat.

Es stört keine Arbeitsabläufe ...

Es ist meine Schuld, dass ich den Antrag nicht im System gesehen habe. Ich werde ihn bewilligen.

Wie ungewöhnlich ...

Ihnen hat er also auch nichts gesagt, Chef?

Ach, schon gut ...

Anscheinend war er mit einer Mitarbeiterin zum Essen verabredet.

Fuji? Mit einer Frau unterwegs?

Im Gegensatz zu euch erledigt er seine Arbeit wenigstens gut!

Hey ...! Lasst ihn doch in Ruhe!

Wie fies!

...

Ach ja, Fuji ...

Was?

Da nimmt man automatisch an, dass du mit ihm reden willst.

Jahrelang lässt du dich nicht blicken und kommst dann plötzlich zu einer Totenmesse.

Nein, noch nicht ...

... konntest du schon mit Vater reden?

Ja ...

Enttäusche ihn aber nicht schon wieder.

Unser süßer kleiner Bruder ist endlich mal wieder zu Hause!

Unser Fuji!

Komm schon, Sumire!

Hast du verstanden?

Das dürfte die einzige Gelegenheit sein, sich mal in Ruhe mit ihm zu unterhalten.

... verschanzt sich Vater nachts immer in seinem Zimmer.

Nach dem Besuch beim hiesigen Schrein ...

Verstehe. Ich danke dir ...

SPLASCH

SPLASCH

SPLASCH

SPLASCH

KRIEK

GATAMM

Sie kommen mir heftiger vor als sonst ...

Das sind die Symptome vor der Brunst ...

Liegt das am Auftauchen von Herrn Hiiragi, meinem Seelenpartner ...?

Ich hoffe, sie kommt erst nach der Präsentation ...

SSST

Hah ...!

Hah ...!

Dieser
Geruch...

Ich hab
ihn länger
nicht mehr
gesehen ...

Und
gemeldet
hat er sich
auch nicht.

Dabei
hat er
zuvor fast
täglich an-
gerufen ...

TAUMEL

POCH

POCH

POCH

Herr
Hiiragi ...

Yuki-
shiro?

POCH

DRÜCK

Kein Wunder,
dass sich mein
Körper wie Blei
anfühlt.

POCH

POCH

Herr Hiiragi ...

Erika hat mir erzählt ...

Herr Hiiragi ...

Das ist nicht gut ...

... ich ...!

Herr ... Hiiragi ...?

SCHNUPPER

Heute duftest du besonders gut ...

SCHNAPP

!

... kann ich morgen die Präsentation ...

Das weiß ich, Yukishiro ...

Hah!

Nnh ...!

Alles gut ...

KEUCH

Lass mich einfach ...

... nur kurz so verweilen ...

KEUCH

STREICHEL

Ich werde nichts tun, was du nicht willst.

Wenn du dich jetzt auf das Projekt konzentrieren willst ...

... dann verschieben wir den Abschluss der Paarbindung ...

Lass mich nur ...

DRÜCK

... auf danach ...

Es ist okay.

Ich bin doch nur ein β.

... noch ein bisschen so verweilen ...

Keine Sorge.

Fuji ...

DRUCK

Es scheint Ihnen zuzusetzen ...

... also wenn Ihnen meine Hand reicht ...

Yuki... shiro ...?

... dürfte das die Brunst nicht hervorrufen ...

Solange Sie nicht ... in mich eindringen ...

Ist ja auch ... meine Schuld ...

PRESS

Nh
...!

Wie es
scheint, lässt
es dich auch
nicht kalt.

Lass
mich das
überneh-
men.

Ich kann
deine schönen
Hände doch
nicht so etwas
machen las-
sen.

KÜSS

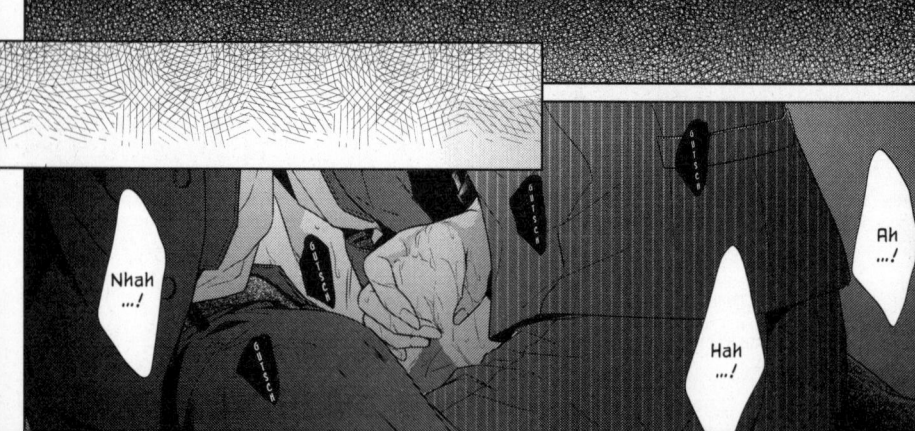

Nhah
...!

Ah
...!

Hah
...!

Wie lange ist es jetzt her ...
... dass du dich mir widersetzt und das Haus verlassen hast?
Fuji ...
... immer enttäuschst du mich.
Ich bitte um Verzeihung ...
SST
Vater ...

Sie sind zurück, Herr Hiiragi?

Es ist kühl geworden.

Delphi...

Wenn ich ... Wenn der Schicksalspartner in der Nähe ist ...

Danke dir!

... was glaubst du, wie es Yukishiro während seiner Brunst ergehen wird?

Ich hab es gelassen.

Ich dachte, Sie wollten heute Herrn Yukishiro ...

... vom Krankenhaus abholen?

... dass selbst die Blocker nicht mehr helfen werden.

... und er wird so starke Symptome aufweisen ...

Vermutlich wird sich sein Körper nach seinem Seelenpartner sehnen ...

Nichts, schon gut ...

Nh ...

Herr Hiiragi ...?

Yukishiro setzt alles auf dieses Aster-Projekt ...

... und ich will ihm dabei nicht im Weg stehen.

ASTER KA

Na ja, auch wenn wir eine Paarbindung eingehen ...

... wird er zwar davon erlöst, seine Pheromone wahllos zu verstreuen ...

... aber seine Brunst wird nicht abflachen.

Es wäre wohl besser, wenn ich eine Zeit lang auf Abstand gehe ...

... bis die letzte Präsentation vorüber ist.

Herr Yuki-shiro ...

... geht es Ihnen gut?

Nein, das war meine Schuld.

Es tut mir wirk-lich leid.

Herr Hiiragi erzählte mir ...

... er hätte Ihnen sehr zugesetzt.

Verzeih mir.

Hah ...

GATAMM

Herr ... Hiiragi ...?

Immer werde ich ...

... von anderen be-schützt ...

Ich bestelle Delphi her.

DRÜCK

... spürt Herr Hiiragi selbst schwächste Pheromo-ne ...

Obwohl ich die Blocker ein-genommen habe ...

So ist das wohl bei Seelenpart-nern ...

Herr Yuki-shiro ...

Bitte hassen Sie Herrn Hiiragi nicht.

Wir ziehen einander im-mer stärker an ...

...

Wie ...?

... hat er sich lang-sam ver-ändert.

Seit er Sie ken-nengelernt hat ...

Hah ...

In dieser Situa-tion ...

Obwohl er sagte, es sei nur natür-lich ...

Hah ...

... dass er sich seinem Schicksal fügt und eine Paar-bindung mit Ihnen ein-geht ...

... hätte ich Yuki-shiros Collar ab-machen ...

Darum richte ich meinen Dank auch aus tiefstem Herzen an sie.

... sondern ihnen nur für alles danken, was man alltäglich erfahren durfte.

Ich dachte, in diesem Schrein würde man die Gottheiten um nichts bitten ...

Du bist ja hochmotiviert.

Das sieht dir gar nicht ähnlich, wo du doch sonst so cool bist.

Mach dir lieber nicht zu viel Druck deswegen.

... und im Voraus dafür, dass die Präsentation im Anschluss ein Erfolg werden wird.

Ich danke ihnen dafür, dass das Team alle Vorbereitungen für das Projekt bisher gut abgeschlossen hat ...

FLAMM

... und werde dir im Fall der Fälle auch helfen.

Ich bin ja auch an deiner Seite ...

Ich werde Herrn Hiiragi sicherlich nicht hassen ...

Haben Sie vielen Dank.

Gib einfach dein Bestes, so wie immer.

... mit mir zusammen zu sein als anders herum.

Für Herrn Hiiragi ist es sicherlich schlimmer ...

Ich bin zwar ein Ω, aber immer noch ein Mann.

Das bisschen macht mir nichts aus.

Bitte kümmern Sie sich auch weiterhin gut um ihn.

... die Herrschaften von Aster sind wohl auch auf dem Weg hierher.

BWWW
BWWW

Herr Hiiragi, Herr Yukishiro ...

Ja.

Jetzt ist es so weit.

Herr Hiiragi ...

... ich würde nach der heutigen Präsentation gern mit Ihnen sprechen.

Und ich auch mit dir!

LÄCHEL

Besprechen wir doch alles ...

... heute Nacht unter den Sternen.

Der Sternenhimmel soll hier gut zu sehen sein.

*trad. Hotel

Hm?

Meine Füllertinte ist leer ...

... und morgen ...

Dort werden Sie heute nächtigen ...

Nach dem heutigen Termin ...

... und dem gemeinsamen Essen habe ich in einem Ryokan* für Sie gebucht.

SST

Delphi ...

... könntest du bitte ...

Dann nehme ich den.

Nehmen Sie gern meinen.

Ich habe einen Ersatzfüller dabei.

Danke dir!

Oh!
Da sind ja
unsere Sen-
nichi-Udon!

FWOO

Iss lieber,
bevor die
Nudeln weich
werden!

Ah,
ja ...

Was ist
los? Bist
du müde?

Fuji?

Ist das
Tamakis
Geruch ...?

TSCHAK

Nein,
unmög-
lich ...

Wenn er
in Sennichi-
ko ist, will
er immer ...

... jeden
Schrein auf
der Insel
besuchen.

Und deren
Verwaltun-
gen.

Ohne
leckeres
Essen als
Stärkung
würde ich
das auch
nicht aus-
halten.

Udon

Nein,
alles
in Ord-
nung ...

Es ist
sicher hart,
mit Vaters
Schreinbesu-
chen Schritt
zu halten.

Übernimm
dich nicht.

Sumire und ich haben mit Vater nur ganz kleine Runden gemacht.

Oh, Mann ... Das volle Programm.

Ja, seit dem frühen Morgen.

Gestern warst du doch auch mit Vater unterwegs, nicht wahr?

Dann muss er mit Fuji ja seeehr viel zu besprechen gehabt haben, was?

Das klingt so, als würde er nur mit uns reden, wenn es Probleme gibt.

In der Firma läuft auch alles so weit gut ...

... also hat Vater nichts mit uns zu besprechen.

Wohin geht's als Nächstes?

Wow ...!

... und übernachten in einem nahegelegenen Ryokan. Morgen geht's zum Hauptschrein.

Wir kommen spät zurück ...

Den Berg hinauf zum nächsten Schrein.

Was?!

Sie haben recht ... Ich bin ganz schön erledigt ...

FLÜSTER

Dann darfst du morgen wieder sehr früh aufstehen, Fuji.

... dass Sie und Master Sumire morgen früh ebenfalls mitkommen.

Chef, Ihr Vater forderte ...

Hier kann es unmöglich ...

... nach Tamaki riechen ....

Er schläft nur.

Sicher ist er nach all den Überstunden erschöpft.

Ist mit Herrn Yukishiro alles in Ordnung?

Ich lasse Ihr Gepäck dann zu Ihnen aufs Zimmer bringen.

Soll ich Sie bis zu Ihrem Zimmer begleiten?

Nicht nötig.

Übernimm lieber den Check-in.

Natürlich.

Danke.

Dann wünsche ich Ihnen noch einen schönen Abend.

Delphi ...

Gute Nacht.

Herr Hiira- gi ...

Herr Hiiragi!...

Schon gut ...

Hm?

Ich hole Sie morgen früh wieder ab.

Aber keine Sorge.

Noch hat Yukishiro kein Interesse an mir ...

... allerdings wird sich das schnell ändern.

Wenn er brünstig wird ...

... gehe ich mit ihm eine Paarbindung ein, selbst wenn ich ihm das Collar mit Gewalt entfernen muss.

Das waren zwar seine Worte ...

... unser Schicksal miteinander verbinden.

Schließlich wird uns ...

Doch nun fühlt er sich zu Herrn Yukishiro hingezogen ...

... und will dessen Gefühle respektieren.

Aber wenn es stimmt, dass Seelenpartner durch ein starkes Band verbunden werden, ...

... dann müssten sie glücklich werden, sobald sie eine Paarbindung eingehen, ob sie das wünschten oder nicht.

Kronen-Anemone

Bin ich fertig!

Durch den Bergweg tut mein Hintern weh!

Dann wird Herr Hiiragi vermutlich mit ihm ...

Yanagi ...! Wo ist mein Gepäck?

TUMMEL

TUMMEL

BATAMM

en-Anem

FUMP

Yuki-shiro ...
... wir haben alles zu Ende gebracht.
Nh ...
War...
Ich kann nicht länger warten.
Wir haben es schon genug hinausgezögert ...
KÜSS
SST
LECK
Lass uns die Paarbindung eingehen, ja?

Kapitel **14**

PIN eingeben
Bitte geben Sie Ihre PIN ein.

1 2 3
4

Für eine vierstellige PIN gibt es 10.000 Kombinationsmöglichkeiten.

Eine von zehn Personen benutzt sogar die Kombination »1234«.

Man kommt trotzdem irgendwie drauf, wenn man die jeweilige Person gut kennt.

Schnapszahlen, viele Nullen oder Zahlenpaare sind auch sehr beliebt.

So wie 0000, 1000 oder 2525.

Das wusste ich gar nicht ...!

In Amerika ist die Kombination »5683« sehr beliebt ...

... weil die Tastenkombination das Wort »LOVE« ergibt.

Auf dem Handy.

Genau.

... immer noch ihre Bankkarten-PIN, Telefon- und Hausnummern oder Geburtstage.

Heutzutage nutzen dafür viele Menschen ...

Verzeihen Sie die Störung.

Ich bringe Ihnen Ihr Gepäck.

KLOPF
KLOPF

...!

Die heißen Quellen hier sollen sehr gut sein.

Probieren wir sie doch vorher mal aus.

Oh, Fuji! Hier sind wir!

Saga-Raum

!

Ich kann
mich nicht
dran gewöh-
nen ...

Hach ...

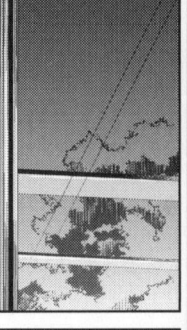

Sie
sind
doch ...

Glück-
wunsch zum
Vertragsab-
schluss!

KLANG

Ich habe mich sehr über Ronalds letzte Worte gefreut.

Unsere Ansprechpartner von Aster haben deinen Hotelentwurf auch in höchsten Tönen gelobt.

... den weiten Weg auf sich genommen haben.

Vielen Dank, dass Sie heute ...

Und ich bin sehr dankbar dafür, dass Sie für dieses Projekt zuständig sind.

Tamaki ...

... ich bin schon sehr auf Ihr Hotel gespannt.

Es hat sich gelohnt, dafür extra nach Japan zu kommen.

Ich setze große Erwartungen in Sie.

Morgen werde ich den anderen mit stolz geschwellter Brust davon berichten können.

Aber daran zeigt sich auch dein Verhandlungsgeschick.

Ha ha!

Der niedrige Eigenanteil ...

... von 15% hat selbst ihn überrascht.

Ich möchte dir ebenfalls danken.

Die Kommunalverwaltung hat sich kooperativer gezeigt denn je.

Das ist allerdings meinem Team zu verdanken, das sich für das Projekt so reingehängt hat.

Nicht mir!

Aber dieses Team steht hinter dir als Person.

SST

... und der Vorschlag wird höchstwahrscheinlich auch gebilligt.

Dadurch steht dir eine solche Position allemal zu ...

Nachdem du uns einen Vertrag mit Aster beschert hast ...

... bist du für die Firma ein Held.

Als Mitglied des Vorstands ...

... würde ich dich dann gern zu meiner rechten Hand ernennen.

... was der
PIN-Code
von Herrn
Yukishiros
Collar sein
dürfte ...

Herr Hii-
ragi kann
sich vor-
stellen ...

... und auch,
was die
Zahlenkom-
bination zu
bedeuten
hat.

... eine
Paarbindung
eingehen
würden ...

... fänden
sie beide
womöglich
ihre Erfül-
lung.

Obwohl
der Mond
doch so
schön
ist ...

Heute
Nacht
haben wir
Vollmond.

Wenn sie
notfalls
auch mit
Gewalt ...

... bringt es Herrn Hiiragis Glauben daran ins Wanken ...

... dem Schicksal zu folgen, würde einen glücklich machen.

... fühle ich mich irgendwie beklommen.

Doch weil es seine Mutter ins Unglück stürzte ...

... obwohl sie mit einem α zusammenkam ...

Ich mich auch.

Irgendwie komme ich nicht zur Ruhe.

Und weil er sich zu Herrn Yukishiro nicht als Partner einer »Paarbindung« ...

... sondern zu ihm als individueller Person hingezogen fühlt ...

... bringt ihn das noch mehr durcheinander ...

Ja ...

Was?

... zusammen mit Herrn Yukishiro.

Wenn Sie hier sind ...

... dann auch unser Vizepräsident ...?

... dann stellt er die Gefühle seines Partners über seine eigenen.

So ist das also ...

Dann ist es kein Wunder, dass ich ihn riechen konnte ...

Darum will er Herrn Yukishiros Wünsche erfüllen ...

Wenn es ihm ernst wird ...

Herr Hiiragi ...

Ich möchte, dass du mich sowohl geschäftlich als auch privat unterstützt.

Ich wünsche mir, dass wir uns von jetzt an gegenseitig im Leben unterstützen, und zwar ...

... in einer Paarbindung.

Ich werde dich be-schützen!

... sind mei-ne Gedanken immer ...

Obwohl die Person, die ich direkt um mich ha-be, so liebe-voll mit mir umgeht ...

Eigentlich ist er ein sehr gütiger Mensch.

Wie ...?

Herr Saotome ...

Durch die traurige Erfahrung in seiner Kindheit ...

... war Herr Hiiragi davon überzeugt, dass man unglücklich wird ...

... wenn man sich seinem Schicksal widersetzt.

So ist es schließlich seinen Eltern widerfahren.

Bitte verzeihen Sie Herrn Hiiragis Unhöflichkeit Ihnen gegenüber.

Aus seiner Traurigkeit ...

Delphi ...

... entstand sein Hass auf glücklich wirkende βs und Ωs.

Wie glücklich sie wirken ...

... wo wir doch auseinandergerissen wurden ...

Meinst du, dass die beiden ein β und ein Ω sind ...?

Dieser trieb ihn dazu, das Glück anderer manchmal mit eigenen Händen zu zerstören.

Aber auch ihr Glück wird ein Ende finden.

... denn Herr Hiiragi beginnt ...

Doch nun spielt das Schicksal keine Rolle für ihn ...

... sich wirklich in Herrn Yukishiro zu verlieben.

Ich bin hier doch derjenige, der als β keine Chance hat.

Wie soll denn bitte ...

... ein vom Schicksal bestimmter α keine Chance haben ...?

...

Herr Hiiragi, es tut mir leid ...

Ich kann mit Ihnen keine Paar-bindung ein-gehen.

... nicht das Recht dazu ...

... so von Ihnen geliebt zu werden.

Ich habe ...

Was ...?

Yuki-shiro ...?

Du kannst mir keine Paar-bindung eingehen?

Wie meinst du das ...?

Jetzt warte mal ...

Was ist hier eigent-lich los? Ich kapier gar nichts mehr!

Es tut mir leid.

Das dachte ich anfangs auch.

Ich dachte, du hättest mich, dein Schicksal, gewählt ...

... um mit mir zusammen zu sein?

Hast du dich etwa nicht von diesem β getrennt ...

Aber ... es geht einfach nicht.

Auch wenn mein Körper nach Ihnen verlangt ...

... sind meine Gedanken stets bei einem anderen ...

Ich habe geglaubt, meinem Schicksal zu folgen und mit Ihnen zusammenkommen zu müssen.

... ist immer nur bei Fuji ...

Mein Herz ...

Egal, wie es anfangs gewesen sein mag ...

... fühlt Herr Hiiragi sich inzwischen zu Herrn Yukishiro hingezogen.

Und zwar zu ihm als Mensch, und nicht nur als potenziellem Partner.

... denkt Herr Yukishiro auch nach der Trennung von Ihnen ...

Doch seit er seinem Schicksalspartner begegnet ist ...

... immer noch nur an Sie.

Halskorsett für Ωs
Firma EVE
COLLAR

Bitte 4-stellige PIN eingeben
Halten Sie das Smartphone an das Korsett

○ ○ ○ ○

... kann Herr Hiiragi ...

Kapitel **15**

... mit Herrn Yukishiro keine Paarbindung eingehen.

... was du dir dabei denkst ...

Ich verstehe einfach nicht ...

Du willst dein Leben allein leben ...?

Oder willst du mit ihm ...

... mit diesem Saotome, zusammen sein?

Entgegen deines Schicksals ...

Und als Mitglied der Saotome-Familie hat er auch seinen eigenen Weg zu gehen ...

Nein.

Das werde ich ihm nicht nehmen.

Fuji hat sein eigenes Leben als β.

Wenn ich mit Ihnen eine Paarbindung eingehe ...

... werden auch diese Gefühle ...

Ich will Fuji ...

... nicht einfach vergessen.

... diese Liebe zu Fuji, vielleicht irgendwann verschwinden ...

Eigentlich sollte ich sie vergessen ...

... auch um Fujis Willen.

Aber ich ...

Ich will ihn nicht einfach vergessen.

Weder die Zeit, die wir zusammen verbracht haben ...

... noch die Gefühle, die ich mit ihm verbinde ...

Solange ich diese Gefühle nicht verliere ...
... kann ich ewig allein weiterleben.
Ich will niemanden mehr ...
... in mein Schicksal verwickeln.
Weder Fuji noch Sie ...
Ich habe es dir doch schon mal gesagt ...
Wie ...?
Die Macht des Schicksals lässt dich ihn sofort vergessen.

Yukishiro ...
Das ... hab ich nicht so gemeint ...
Sie haben völlig recht.
Wenn es nicht Ihr Schicksal wäre ...
... hätten Sie sich niemals in mich verliebt.
Ich wäre nur ein Mitarbeiter, den Sie keines Blickes gewürdigt hätten ...
... und dessen Namen sie nicht einmal kennen würden.

Doch dann hat meine Mutter mich ...

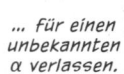

... für einen unbekannten α verlassen.

Mama ...?

Wer ist ... dieser Mann ...?

Warum ist Mama weg?

Kommt sie nicht mehr zurück?

Warum?

Und mein Vater sagte ...

War...!

Mama!

Warte!

Ouka.

Papa! Warum ...?!

Mama hat mich nicht weggeworfen, weil sie mich nicht mehr liebt.

Das liegt alles am Schicksal. Dagegen kann man nichts tun.

Alle Ωs, denen ich bisher begegnet bin ...

... haben sich für mich entschieden.

Ich brauchte sie nur leicht verführen und schon verliebten sie sich in mich.

Ihre βs hatten sie sofort wieder vergessen.

Und das, obwohl sie einander doch so sehr geliebt hatten.

Also ...

... warum ...?

SCHÜTTEL

SCHÜTTEL

Sie ist nur ihrem Schicksal gefolgt.

Das war richtig so.

Nein ...

Meine Mutter hat nichts falsch gemacht.

Das mussten sich die beiden so einreden ...

... um über den schmerzhaften Verlust ihrer Familie hinweg-zukommen.

Vater gab Mutter auch keine Schuld dafür ...

... sondern sah es als seine Strafe an, sich dem Schicksal wi-dersetzt zu haben.

... und nicht etwa, weil sie sie nicht mehr lieben würde.

Sie wollten glauben ...

... dass Erika sie wegen ihres Schicksals verlassen hätte ...

Doch in Wirklichkeit ...

TROPF

... habe auch ich mir gewünscht, Mutter hätte sich für Vater und mich entschieden ...

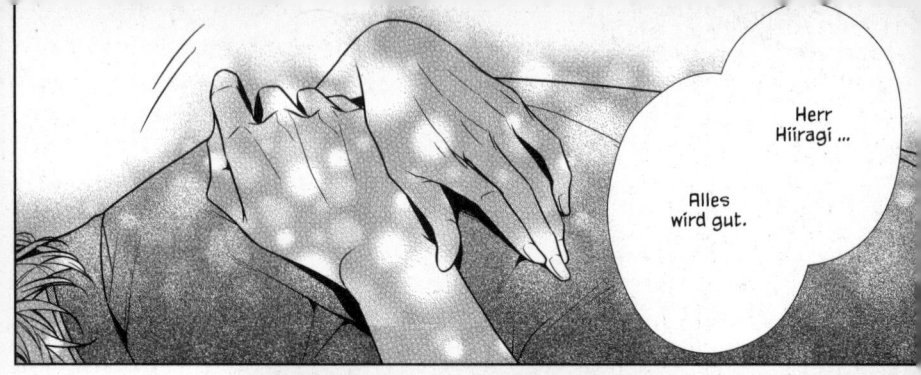

Herr
Hiiragi ...

Alles
wird gut.

Ihre
Mutter
liebt Sie.

Während
sie gegen ihre
Bestimmung
ankämpfte ...

... hat sie
Sie und Ihren
Vater tief in
ihrem Herzen
die ganze Zeit
geliebt ...

Als Ω
kann ich
das nach-
empfinden.

Mir geht es gerade sicher genau wie ihr ...

Hilf mir, Liebling ...

Beruhige dich.

Manch- mal habe ich Angst vor mir selbst.

Mein Herz und mein Körper scheinen mir nicht zu ge- horchen.

Es wird alles gut, Erika.

Du bist nur wegen dei- ner Brunst so durch- einander.

Ich will ...

... dich und Ouka nicht verlieren ...

DRUCK

Unsere Familie bleibt für immer zusammen.

In Ordnung ...

Wenn du diesen β nicht vergessen willst ...

... genau wie meine Eltern sich damals auch geliebt haben ...

Ich werde auf dich hören.

... und dich gänzlich besitzen ...

... dann werde ich deine Gefühle respektieren.

Dabei will ich eigentlich sofort die Paarbindung abschließen ...

Ich habe Mutters Entscheidung auf das Schicksal geschoben ...
... und zahlreiche solcher Beziehungen zwischen βs und Ωs, wie meine Eltern sie hatten, zerstört.
Vielleicht ist das meine gerechte Strafe ...
Ich wünschte, ich wäre dir ganz normal begegnet ...
... ohne dass das Schicksal seine Finger im Spiel gehabt hätte.

Vizepräsident Hiiragi ...

Warum ...

... soll Tamaki ernsthaft lieben ...?

... erzählen Sie mir das?

Unter Berücksichtigung Ihrer Gefühle und Ihrer Position ...

... fand ich es angemessen ...

Schließlich bin ich selbst auch ein β.

... Sie umfassend aufzuklären.

Vater ...

Du hast dich verändert, Fuji.

Ist das Essen schon vorbei ...?

Nein ...

... ich habe mich immer noch nicht verändert.

Seit du das Haus verlassen hast ...

... nur das verwöhnte Nesthäkchen.

... warst du für mich die ganze Zeit ...

Tamaki hat sich auch die ganze Zeit ...

... gegen sein Schicksal gewehrt.

Als Kind wurde ich von dir und meinen Brüdern beschützt ...

... und nach meinem Auszug ...

... dann von anderen Personen.

... und nicht immer nur passiv sein.

Das bedeutet sicher ...

Und diesmal versucht er zum ersten Mal, seinem Schicksal zu gehorchen.

DRÜCK

Ich will stark genug werden, um diejenigen zu beschützen, die mir am Herzen liegen.

Ich will mich verändern ...

Hah!
ZUCK
ZUCK
ZUCK
WHUMM
ZUCK
Oh nein ...
Nein, bleiben Sie weg ...!
ZUCK

KEUCH
!
Oh nein!
KEUCH
War...!
Meine Pheromone haben ihm völlig den Verstand vernebelt!
KÜSS
LECK
Ich will dich beißen.
LECK
KÜSS
ZUCK
ZUCK
ZUCK
KÜSS

DRÜCK

Steck ... ihn rein ...

Bitte ...!

RAUN

Mein Herr!

Geht es Ihnen gut, Master Fuji?

RAUN

Was haben Sie?!

Master Kikyo und Master Sumire auch ...!

RAUN

...

Hören Sie bitte auf!

Sie kommen sowieso zu spät.

... und er ist mit Herrn Hiiragi zusammen.

Herr Yukishiro ist brünstig ...

So ist es gut ...

... wie sie sich lieben, nachdem sie die Paarbindung eingegangen sind.

Sie werden sich nur selbst damit verletzen, wenn sie die beiden sehen ...

Auch wenn sie die Paarbindung auf ungewollte Weise eingehen ...

Dadurch können die beiden für immer glücklich werden.

Erikas Geschichte ist eine seltene Ausnahme.

So ist es ...

Wenn Tamaki und der Vizepräsident eine Paarbindung eingehen wollen ...

... dann wäre das längst geschehen.

Warum ... zweifeln Sie denn?

Als Seelenpartner ...

Und doch klingen diese Pheromone nicht ab ...

... dass er all diese starken Pheromone verströmt.

Tamakis Körper sehnt sich so sehr nach Herrn Hiiragi ...

Hah ...
Herr Hiiragi ...
Hah ...
Bring Yukishiro ...
... schnell weg von hier ...
Herr Yukishiro ...
Bitte kümmern Sie sich auch weiterhin gut um ihn.
Jetzt ist nicht die Zeit für Zweifel!
Wenn Sie sie nicht aufhalten können, dann mache ich das!
Bitte bringen Sie mich ...
... zu den beiden!

RAUSCH

Hah ...

Hah ...

Hah ...

Hah ...

Sie ha-
ben völlig
recht ...

Einver-
standen
...

Ich
bringe
Sie zu
ihnen.

Das ist nicht das Ergebnis ...

... das sich die beiden wünschen.

... diese Paarbindung einzugehen.

Wenn wir nichts unternehmen, wird das Schicksal sie zwingen ...

Yuki...
shiro ...

Nh ...

Kh ...

Haah...

Bitte
geh ...

RAUSCH

... weg
von ...
mir ...

Hah!

Ich
will ...

KEUCH

Kh ...

Schnell
...!

... das
nicht
...

Hah ...!

KEUCH

Herr ...
Hiiragi ...?

Ὄρθρος (Orthros)
– Tagesanbruch –

Hah!

Hah!

Hah!

Tamaki ...

... geht es dir gut?

AUFRICHT

Hah ...

Hah!...

Ein Fiebermittel sollte dir gut tun ...

Hah!

WUPP

Hah!

Hah!

Du hast hohes Fieber ...

Deine Brunst-Symptome sind diesmal wirklich heftig.

Hah!

Ja ...

... bitte ...

Willst du etwas Wasser?

WATE

KÜSS

Fh ...

Das ist ...
angenehm ...
kühl ...

SCHLUCK

Mhn ...

Mehr ...

Mhm.

NICK

Kiss

Hast
du das
Mittel auch
geschluckt
...?

... dann fühlt man sich als Mensch einsam und sehnt sich nach anderen.

Wenn man geschwächt ist ...

Die Brunst ist keine großartige Ausnahme.

POFF

Lass dich wenigstens dann von mir verwöhnen.

SST

Du denkst auch viel zu viel nach, Tamaki.

PATT PATT

SCHMUS

✦ Die Gene ✦

Da die Verteilung der Gene im Omegaverse an sich nicht in Stein gemeißelt ist, habe ich mich für das Setting in *Drowning Into the Night* des Klassifikationssystems der drei Blutgruppen (A, B und 0) und der Mendelschen Gesetze bedient.

Gene mit Chromosom-Informationen

Es gibt drei Chromosomentypen: α, β und Ω. Ein Kind erbt je eines dieser Gene von seinen Eltern.

Je nach Zusammensetzung der Gene der Eltern wird das Gen des Kindes bestimmt. Dabei sind β-Chromosomen dominanter als α-, und Ω- rezessiver als α-Chromosomen. Dadurch entsteht die Häufigkeit der Geschlechter in der Reihenfolge β > α > Ω.

Darum machen βs den Großteil der Bevölkerung aus.

Um es verständlicher zu halten, verhalten sich die Geburtenrate und die Bevölkerung in diesem Manga nicht proportional zueinander.

✦ Vollständige Tabelle der Genmerkmale ✦

<Phänotyp> β-Geschlecht			α-Geschlecht		Ω-Geschlecht
<Genotyp> ββ	βα	βΩ	αα	αΩ	ΩΩ

Wenn auch nur ein β-Chromosom enthalten ist, wird ein β geboren.

Zwei βs können auch αs und Ωs zeugen.

Es gibt Paare aus β und α, die Kinder aller drei Geschlechter bekommen.

Ein Ω kann nur geboren werden, wenn zwei Ω-Chromosomen aufeinandertreffen.

Zwei αs können auch ein Ω zeugen.

Zwei Ωs können nur ein Ω zeugen.

		β β	β α	β Ω	α α	α Ω	Ω Ω
		β β β β β β	β β β α	β β β Ω	β α β α	β α β Ω	β Ω β Ω
	β	β β β β β β	β β β α	β β β Ω	β α β α	β α β Ω	β Ω β Ω
β	β	β β β β β β	β β β α	β β β Ω	β α β α	β α β Ω	β Ω β Ω
	α	β α β α	α α α α	α α α Ω	α α α α	α α α Ω	α Ω α Ω
	β	β β β β β β	β β β α	β β β Ω	β α β α	β α β Ω	β Ω β Ω
	Ω	β Ω β Ω	β Ω α Ω	β Ω α Ω	α Ω α Ω	α Ω Ω Ω	Ω Ω Ω Ω
	α	β α β α	β α α α	β α α Ω	β α β α	β α β Ω	β Ω α Ω
α	α	β α β α	β α α α	β α α Ω	α α α α	α α α Ω	α Ω α Ω
	α	β α β α	β α α α	β α α Ω	α α α α	α α α Ω	α Ω α Ω
	Ω	β Ω β Ω	β Ω α Ω	β Ω α Ω	α Ω α Ω	α Ω Ω Ω	Ω Ω Ω Ω
	Ω	β Ω β Ω	β Ω α Ω	β Ω α Ω	α Ω α Ω	α Ω Ω Ω	Ω Ω Ω Ω
Ω	Ω	β Ω β Ω	β Ω α Ω	β Ω α Ω	α Ω α Ω	α Ω Ω Ω	Ω Ω Ω Ω

Bei Yukishiros Familie — α-Vater × Ω-Mutter

Vater α [αΩ]

Mutter Ω [ΩΩ]

Kind Ω [ΩΩ] Tamaki Yukishiro

α × Ω		Elternteil Ω [ΩΩ]	
Elternteil α	[αα]	Kind α [αΩ]	Kind α [αΩ]
	[αΩ]	Kind α [αΩ]	Kind Ω [ΩΩ]

Yukishiros Eltern hätten nur ein α- oder Ω-Kind zur Welt bringen können.
Die Wahrscheinlichkeit, dass ein α und ein Ω ein Ω-Kind zeugen, liegt bei 1:4.
Wäre der Vater ein [α α], dann wären die Kinder alle αs.

β × Ω		Elternteil Ω [ΩΩ]	
Elternteil β	[ββ]	Kind β [βΩ]	Kind β [βΩ]
	[βα]	Kind β [βΩ]	Kind α [αΩ]
	[βΩ]	Kind β [βΩ]	Kind Ω [ΩΩ]

Wenn der Vater ein [βα] ist, können ein β und ein Ω auch ein α-Kind zeugen.
Die Wahrscheinlichkeit, dass ein solches Kind geboren wird, liegt bei 1:6.

Bei Hiiragis Familie — β-Vater × Ω-Mutter

Vater β [βα]

Mutter Ω [ΩΩ] Erika Tsutsuji

Kind α [αΩ] Ouka Hiiragi

Bei Saotomes Familie — α-Vater × β-Mutter

Vater α [αα] Rindo

Mutter β [βα] Ayame

Kind (3. Sohn) β [βα] Fuji Saotome

β × α		Elternteil α [αα]		[αΩ]	
Elternteil β	[ββ]	Kind β [βα]	Kind β [βα]	Kind β [βα]	Kind β [βΩ]
	[βα]	Kind β [βα]	Kind α [αα]	Kind β [βα] / Kind β [βΩ]	Kind α [αα] / Kind α [αΩ]
	[βΩ]	Kind β [βα]	Kind α [αΩ]	Kind β [βα] / Kind β [βΩ]	Kind α [αΩ] / Kind Ω [ΩΩ]

Bei den Saotomes liegt die Wahrscheinlichkeit, dass ein β-Kind geboren wird, bei 1:2.
αs und βs zeugen oft β-Kinder.
Durch den Genotyp eines Paars aus α und β können die beiden Kinder aller drei Geschlechter, α, β und Ω, zeugen.
Wenn man sich ein α-Kind wünscht, dann ist die Wahrscheinlichkeit bei zwei αs oder einem α und einem Ω höher.

Fujis Brüder sind beide αs

Ältester Sohn α [αα] Kikyo

2. Sohn α [αα] Sumire

Autorenkommentar

An diesem Band habe ich länger gearbeitet als ursprünglich geplant war.

Aber ich lege bis zum Schluss mein ganzes Herzblut in diesen Manga!

Anna Takamura

DROWNING INTO THE NIGHT

TOKYOPOP GmbH
Hamburg

TOKYOPOP
2. Auflage, 2022
Deutsche Ausgabe/German Edition
© TOKYOPOP GmbH, Hamburg 2021
Aus dem Japanischen von Kaja Chilarska

ELITE Ω WA YORU NI OBORETE side Ω
©Anna Takamura 2019
First published in Japan in 2019
by KADOKAWA CORPORATION, Tokyo.
German translation rights arranged
with KADOKAWA CORPORATION, Tokyo
through TUTTLE-MORI AGENCY, INC., Tokyo.

Redaktion: Lisa Duty
Lettering: Vibrant Publishing Studio
Herstellung: Shujun Wong
Druck und buchbinderische Verarbeitung:
CPI–Clausen & Bosse GmbH, Leck
Printed in Germany

Wir achten auf die Umwelt.
Dieses Produkt besteht aus FSC®-zertifizierten
und anderen kontrollierten Materialien.

ISBN 978-3-8420-6783-7

DROWNING
INTO THE NIGHT

UNSER UNSTILLBARES VERLANGEN

Keri Kusabi

Heiße Spielchen im Omegaverse!

In einer Welt, die in Alphas, Betas und Omegas eingeteilt ist, hat Takaba Glück gehabt: Er ist ein Alpha und von Natur aus ein Anführer. Als er in ein neues Unternehmen wechselt, sieht er sich allerdings mit seinem größten Hassobjekt konfrontiert: einem Omega in einer Führungsposition! Mit ihren ausströmenden Pheromonen sind sie für Alphas und Betas unwiderstehlich. Takaba muss sich vor seinem neuen Chef in Acht nehmen, doch lang lassen die Verfänglichkeiten nicht auf sich warten ...

www.tokyopop.de

BITE MAKER

Miwako Sugiyama

Der erste Shojo-Manga im Omegaverse!

Mit den Genen eines Alphas und einzigartigen Fähigkeiten aus-
gestattet, liegt dem smarten Nobunaga das Tokyo der Zukunft
zu Füßen. Ein Los, das nur einer von 100.000 Menschen zieht!
Obwohl er scheinbar alles haben kann, verzehren sich sein Körper und Geist nur nach einer Person: einer Omega. Auch das
Leben der hübschen Noel wird von der Sehnsucht geprägt. Wie
gern würde sie ein ruhiges Dasein als Beta führen. Als sie jedoch
per Zufall auf Nobunaga trifft, begreift sie, wie sehr ihre Gene ihr
Schicksal bestimmen ...

www.tokyopop.de

UNTER DER OBERFLÄCHE
Emi Mitsuki

Die Höhen und Tiefen der Liebe

Kobayashi hat seinen Traumjob gefunden: Endlich arbeitet er in der Filmbranche, und dann auch noch mit einem renommierten Regisseur! Allerdings gerät er immer wieder mit seinem Vorgesetzten aneinander und ist daher mehr als genervt. Sein Leid klagt er seinem ehemaligen Kollegen Ishihara, der ihm beim Feierabendbier geduldig zuhört. Eines Abends verschlägt es die beiden jedoch in einen mysteriösen Club und es folgt heißer Sex im Separee ... In ihrem ersten Kurzgeschichtenband erzählt Emi Mitsuki von Leidenschaft, Geheimnissen und überraschenden Gefühlen!

www.tokyopop.de

TEN COUNT
Rihito Takarai

Überwinde deine Furcht vor dem Leben!

Shirotani ist psychisch krank. Seine größte Angst ist es, sich mit Bakterien anzustecken. Mehrmaliges Händewaschen und Handschuhe schützen ihn vor dem Schlimmsten, so glaubt er. Als eines Tages sein Chef einen Unfall hat und Shirotani aus Ekel nicht helfen kann, will er sich verändern. Er lernt den Psychologen Kurose kennen und baut zu ihm ein Vertrauensverhältnis auf, das plötzlich zu zerbrechen droht ...

www.tokyopop.de

THERE ARE THINGS I CAN'T TELL YOU

Edako Mofumofu

Gibt es den »richtigen« Weg?

Kyosuke, der mit Elan und Ehrgeiz seinen Traumjob als Artdirector anstrebt, spürt regelmäßig eine nagende Unsicherheit. Trotzdem übt er sich in Zuversicht und genießt seine freie Zeit mit Kasumi, seinem Freund aus Kindertagen. Doch auch Kasumi wird offenbar von den Schatten der Vergangenheit heimgesucht. Und obwohl sich die beiden Männer so eng verbunden fühlen, steht etwas zwischen ihnen, für das sie keine Worte finden ...

www.tokyopop.de

BLUE LUST
Hinako

Warum machen wir dieselben Fehler immer wieder?

Durch Zufall kann Hayato seinen neuen Mitschüler Soma von
einem Selbstmordversuch abhalten. In der Folge entwickelt er
eine Art Beschützerinstinkt gegenüber dem kontaktscheuen
Jungen und hilft ihm dabei, sich sozial zu integrieren. In der
Mittelschule hatte Hayato einen schwulen Freund geoutet, der
somit zum Mobbingopfer wurde, was ihm noch nachhängt.
Doch als Soma mehr von ihm will, sieht sich Hayato mit einer
ähnlichen Situation wie damals konfrontiert ...

www.tokyopop.de

IM FLUSS DER ZEIT
Syaku

Erinnerungen, so tief wie der Ozean

Das Schicksal trifft einen Menschen oft aus heiterem Himmel. Für Shiro ist es die Begegnung mit einem Fremden, der plötzlich vor ihm auftaucht – und in Ohnmacht fällt. Er beschließt, den jungen Mann, der nur eine alte Pilotenuniform trägt und offenbar sein Gedächtnis verloren hat, bei sich aufzunehmen. Geduldig versucht er Kiku, wie er den Fremden fortan nennt, an das Alltagsleben zu gewöhnen. Während Kiku jeden Tag etwas dazulernt, wird er nachts von wiederkehrenden, schrecklichen Albträumen gequält ...

www.tokyopop.de

LET ME BE YOUR PRISONER
Chise Ogawa

Dem hübschen Yuzuru sieht man nicht sofort an, dass er sich als Kleinkrimineller mit zwielichtigen Machenschaften über Wasser hält. Um wieder an etwas Geld zu kommen, kehrt er in sein altes Elternhaus zurück. Dieses musste er schon früh verlassen, als sein Vater bankrott ging und die Familie auseinanderbrach. Ausgerechnet sein ehemaliger Diener Iwase lebt nun in dem Anwesen, denn aus ihm ist mittlerweile ein erfolgreicher Jungunternehmer geworden. Dass sich Menschen über die Jahre verändern, wissen beide nur zu gut. Und doch verläuft das Wiedersehen anders als gedacht ...

STOPP!

**Dies ist die letzte Seite des Buches!
Du willst dir doch nicht den Spaß verderben
und das Ende zuerst lesen, oder?**

Um die Geschichte unverfälscht und original-
getreu mitverfolgen zu können, musst du es
wie die Japaner machen und von rechts nach
links lesen. Deshalb schnell das Buch um-
drehen und loslegen!

So geht's:

Wenn dies das erste Mal sein
sollte, dass du einen Manga
in den Händen hältst, kann dir
die Grafik helfen, dich zurecht-
zufinden: Fang einfach oben
rechts an zu lesen und arbeite
dich nach unten links vor.
Viel Spaß dabei wünscht dir
TOKYOPOP®!